Arthur Conan Doyle

L'Aventure du cercle rouge

© 2023 Culturea Editions

Texte et illustration de couverture : © domaine public
Edition : Culturea (Hérault, 34)
Contact : infos@culturea.fr
Retrouvez notre catalogue sur http://culturea.fr
Imprimé en Allemagne par Books on Demand
Design typographique : Derek Murphy
Layout : Reedsy (https://reedsy.com/)

Dépôt légal : janvier 2023
Tous droits réservés pour tous pays

ISBN : 9791041928125

Table des matières

L'aventure du cercle rouge

Première Partie

« Décidément, madame Warren, je ne vois pas que vous ayez un motif réel d'inquiétude, et je comprends pas davantage pourquoi moi, dont le temps est précieux, j'interviendrais. D'autres occupations plus sérieuses, je vous assure, me réclament ! »

Ainsi parla Sherlock Holmes avant de se pencher à nouveau sur le grand album où il était en train de coller et d'annoter divers papiers nécessaires à ses travaux.

Mais la propriétaire avait la ténacité et l'astuce de son sexe. Elle se cramponna.

« L'an dernier, dit-elle, vous avez arrangé une affaire pour un de mes locataires, M. Fairdale Hobbs…

– Ah oui !… Une toute petite affaire…

– Mais il ne cesse jamais d'en parler : de votre bonté, monsieur, et de la manière dont vous avez su faire surgir la lumière au sein des ténèbres. Je me suis rappelé ses paroles quand je me suis trouvée moi-même dans le doute et les ténèbres. Je sais que si seulement vous vouliez, vous pourriez… »

Holmes était sensible à la flatterie, mais également il n'est que juste de le dire, à un appel à sa bonté. Ces deux sentiments se conjuguèrent pour lui arracher un grand soupir de résignation : il posa son pinceau et recula sa chaise.

« Bien, bien, madame Warren ! Je vous écouterai donc. Vous ne voyez pas d'objection à ce que je fume ? Merci. Watson, les allumettes ! Vous êtes inquiète, si j'ai bien compris, parce que votre nouveau locataire s'enferme dans sa chambre et que vous ne pouvez pas le voir ? Eh bien, madame Warren, si j'étais votre locataire, il vous arriverait de ne pas me voir tous les jours !

– Sans doute, monsieur ; mais ce n'est pas la même chose. J'ai peur, monsieur Holmes. Tellement peur que je n'en dors plus. Entendre son pas rapide qui arpente depuis le matin jusqu'à une heure tardive de la nuit, et ne jamais entrevoir sa tête, c'est au-dessus de mes forces. Mon mari en est aussi énervé que moi ; mais il est dehors toute la journée pour son travail, tandis que je n'ai, moi, aucun repos. Pourquoi se cache-t-il ? Qu'a-t-il fait ? En dehors de la bonne, je suis toute seule avec lui dans la maison, et mes nerfs me lâchent ! »

Holmes se pencha en avant pour poser ses longs doigts minces sur l'épaule de la logeuse. Il disposait presque d'un pouvoir hypnotique qui lui permettait d'apaiser quand il le voulait. L'effroi disparut des yeux de sa cliente, et sa physionomie agitée reprit sa banalité coutumière. Elle s'assit sur une chaise qu'il lui indiqua.

« Si je m'en occupe, dit-il, il me faut tous les détails. Prenez votre temps pour réfléchir. Le plus petit fait peut s'avérer l'essentiel. Vous m'avez déclaré que votre locataire était arrivé depuis dix jours et qu'il vous avait payé quinze jours de pension complète ?

– Il m'a demandé mes conditions, monsieur. J'ai proposé cinquante shillings par semaine. Il y a un petit salon, une chambre à coucher avec tout le confort, en haut.

– Et alors ?

– Il m'a répondu : « Je vous paierai cinq livres pas semaine si vous acceptez mes propres conditions. » Je ne suis qu'une pauvre femme, monsieur, et M. Warren ne gagne pas grand-chose : ce qui fait que l'argent compte beaucoup pour moi. Il a sorti de sa poche un billet de dix livres, et il me l'a remis en disant : « Vous recevrez la même chose chaque quinzaine si vous acceptez mes conditions. Sinon, au revoir ! »

– Quelles étaient ces conditions ?

– Eh bien, monsieur, c'était d'avoir une clef de la maison. Rien à dire, n'est-ce pas ? Souvent des locataires ont leur clef personnelle. Mais voilà : il m'a dit aussi que je ne devrais jamais m'occuper de lui, et jamais, sous aucun prétexte, le déranger.

– Tout cela n'a rien d'extraordinaire, il me semble !

– Raisonnablement non, monsieur. Mais nous sommes lin de la raison. Il loge chez nous depuis dix jours, et ni M. Warren, ni moi, ni la bonne, nous ne l'avons jamais revu. Nous entendons ce pas vif qui va, qui vient, qui va et qui vient, le matin, à midi, la nuit ; mais sauf le premier soir il n'est jamais sorti de la maison.

– Tiens ! Il est sorti le premier soir ?

– Oui, monsieur, et il est rentré fort tard : nous étions tous couchés. Après avoir payé, il m'avait avertie qu'il sortirait, et il m'avait demandé de ne pas mettre les barres à la porte. Je l'ai entendu monter l'escalier après minuit.

– Mais ses repas ?

– Il nous avait donné ses instructions : quand il sonnerait, nous devions lui monter son repas et le placer sur une chaise devant sa porte. Puis, sur un deuxième coup de sonnette, débarrasser sa chaise de ce qu'il a reporté dehors. Quand il a besoin de quelque chose, il le calligraphie en lettres d'imprimerie sur un morceau de papier qu'il dépose sur la chaise.

– Calligraphie ?

– Oui, monsieur. Il calligraphie au crayon en caractères d'imprimerie. Rien que le mot nécessaire ; pas autre chose. En voici un que j'ai apporté pour vous : « SAVON. » En voici un autre : « ALLUMETTE. » Celui-ci date du premier matin : « DAILY GAZETTE. » Tous les matins je lui monte ce journal avec son petit déjeuner.

– Mais dites-moi, Watson ! s'exclama Holmes en considérant avec une vive curiosité les bouts de papier que la logeuse lui avait remis. Nous voici hors des sentiers battus, si je comprends bien. Qu'il s'enferme chez lui, cela n'a rien d'extraordinaire. Mais pourquoi calligraphier ? La calligraphie en caractères d'imprimerie est un procédé qui n'est guère pratique. Pourquoi ne pas écrire comme tout le monde ? Que vous suggère cette manie, Watson ?

– Qu'il désire dissimuler son écriture.

– Mais pourquoi ? Que lui importe que sa logeuse ait un mot de son écriture ? Après tout, vous avez peut-être raison. Mais encore une fois pourquoi des messages si laconiques ?

– Je me le demande.

– Un champ plaisant s'ouvre à d'intelligentes spéculations. Les mots sont écris avec un crayon violet à grosse pointe, d'un modèle courant. Remarquez que le papier est déchiré ici, juste à coté du mot, si bien que le S de SAVON a presque disparu. Voilà qui incite à la réflexion, n'est-ce pas, Watson ?

– Une précaution ?

– Sûrement ! Il devait y avoir une trace, une trace de pouce sans doute, qui pouvait révéler l'identité du personnage. Voyons, madame Warren, vous dites qu'il s'agit d'un barbu de taille moyenne et brun. Quel âge aurait-il environ ?

– Il est assez jeune, monsieur. Pas plus de trente ans.

– Réfléchissez : vous ne pouvez pas me donner d'autres indications ?

– Il m'a parlé en bon anglais, monsieur : pourtant il m'a semblé qu'il devait être étranger, vu son accent.

– Était-il bien habillé ?

– Très bien habillé, monsieur. Tout à fait un gentleman. Des vêtements sombres. Rien de spécial à remarquer.

– Il ne vous a pas donné son nom ?

– Non, monsieur.

– Et il n'a reçu ni lettres ni visiteurs ?

– Non, monsieur.

– Mais enfin, vous ou la bonne allez bien chez lui le matin ?

– Non, monsieur. Il fait le ménage lui-même.

– Mon Dieu ! Voilà qui est tout à fait singulier ! Avait-il des bagages ?

– Il avait apporté un gros sac brun. Rien de plus.

– Eh bien, vous ne vous livrez pas beaucoup d'éléments pour nous aider ! Rien n'est sorti de cette chambre, absolument rien ? »

La logeuse tira de son sac une enveloppe : elle en sortit deux allumettes brûlées et un mégot qu'elle posa sur la table.

« C'était ce matin sur son plateau. Je vous les ai apportées parce que j'ai entendu dire que vous pouviez lire des tas de choses sur des riens. »

Holmes haussa les épaules.

« Sans intérêt, fit-il. Les allumettes ont servi, naturellement, à allumer des cigarettes : c'est évident d'après la courte dimension de la partie consumée. Il faut la moitié d'une allumette pour allumer une pipe ou un cigare. Mais... tiens, tiens ! Le gentleman en question porte barbe et moustaches, m'avez-vous dit ?

– Oui, monsieur.

– Bizarre ! J'aurais juré que seul un individu rasé aurait fumé cette cigarette. Regardez, Watson : votre modeste moustache elle-même aurait été brûlée !

– Un fume-cigarette, peut-être ?

– Non. Le bout est collé. Je suppose qu'il n'y a pas deux personnes dans votre meublé, madame Warren ?

– Non, monsieur. Il mange si peu que je me demande comment il est encore en vie.

– Hum ! Je crois que nous sommes obligés d'attendre de nouveaux éléments. Après tout, vous n'avez pas de sujet de plainte : vous avez reçu votre loyer, et il n'a rien d'un gêneur. Certes il n'est pas un locataire du type courant ! Mais il vous paie rondement, et s'il préfère vivre à l'écart, cela ne vous regarde pas. Nous n'avons pas le droit de forcer sa retraite tant que nous n'avons pas une raison de croire que cette retraite est imposée par une culpabilité quelconque. Je m'occupe de l'affaire, c'est entendu : je ne la perdrai pas de vue. Rendez-moi compte de tout fait nouveau, et fiez-vous à mon appui si vous en avez besoin. »

Quand la logeuse nous eut quittés, Holmes réfléchit.

« Cette affaire présente incontestablement quelques détails intéressants, me dit-il. Il peut s'agir d'un cas d'excentricité particulière, sans signification. Mais il peut s'agir aussi d'une histoire plus en profondeur qu'on ne le croirait à priori. La première idée qui vient à l'esprit est que la personne qui habite maintenant chez la logeuse est peut-être tout à fait différente de celle qui a loué le meublé.

— Qu'est-ce qui vous fait penser cela ?

— Négligeons pour l'instant ce mégot. N'est-il pas curieux que la seule fois où le locataire soit sorti, ç'ait été tout de suite après avoir retenu le meublé ? Il est revenu, lui ou un autre, quand tous les témoins étaient au lit. Nous n'avons aucune preuve que la personne qui est rentrée soit effectivement celle qui était partie. D'autre part, l'homme qui a loué la chambre parlait bien l'anglais. Or, celui-ci écrit « Allumette » alors qu'il aurait dû écrire « Allumettes ». Je peux imaginer que le mot a été pris dans un dictionnaire qui aurait indiqué le singulier mais non le pluriel. Ce style laconique peut avoir pour but de dissimuler une très imparfaite connaissance de l'anglais. Oui, Watson, je me demande sérieusement si une substitution de locataires n'aurait pas été opérée.

— Mais pour quel motif ?

— Ah ! Voilà le problème. Recherchons de ce côté... »

Il prit le grand livre sur lequel, chaque jour, il classait les annonces personnelles qui paraissaient dans les grands journaux de Londres.

« ...Mon Dieu ! s'exclama-t-il en tournant les pages. Quel chœur de gémissements, de pleurs, de bêlements ! Quelle poubelle d'événements disparates ! C'est sans conteste le meilleur terrain de chasse pour l'amateur de sensationnel... Voyons : cet homme est seul ; il ne peut recevoir de lettre sans ouvrir de brèche dans le secret absolu qu'il réclame. Comment des nouvelles ou un message peuvent-ils lui parvenir de l'extérieur ? Par une annonce dans un journal, c'est évident. Il n'existe apparemment pas d'autre moyen. Par chance nos recherches se limitent à un seul journal. Voici les coupures de la Daily Gazette depuis une quinzaine de jours : "Dame au boa noir du Prince's Skating Club..." Passons ! "Sûrement Jimmy ne voudra pas briser le cœur de sa mère..." Cela ne semble pas concerner notre inconnu... "Si la dame qui s'est évanouie dans le bus de Brixton..." Elle ne m'intéresse pas. "Chaque jour mon cœur soupire..." Des bêlements, Watson ! Des bêlements sans pudeur !... Ah ! nous touchons au vraisemblable ! Écoutez : "Patience. Trouverons un moyen sûr de communiquer. En attendant, ces annonces. – G" La date ? deux jours après l'arrivée du locataire de Mme Warren. Plausible, non ? L'inconnu pourrait comprendre l'anglais, même s'il ne sait pas bien l'écrire. Voyons si nous trouvons une suite. Oui. Trois jours plus tard : "Je prends des dispositions pour réussir. Patience et prudence. Les nuages passeront. – G" Pendant une semaine, plus rien. Puis voici quelque chose de beaucoup plus précis : "La voie se libère. Si je trouve l'occasion d'un message par signaux, code convenu toujours en vigueur – un A, deux B, etc. A bientôt des nouvelles – G" C'était dans le journal d'hier, et il n'y a rien dans celui d'aujourd'hui. Tout ne s'applique-t-il pas parfaitement au locataire de Mme Warren ? Si nous attendons un peu, Watson, je suis certain que l'affaire nous deviendra plus intelligible. »

Il ne se trompait pas. Le lendemain matin, je trouvai mon ami debout le dos au feu et le visage épanoui.

« Que pensez-vous de ceci, Watson ? me cria-t-il en prenant un journal sur la table. "Grand immeuble rouge avec revêtement de pierres blanches. Troisième étage. Deuxième fenêtre gauche. Après le crépuscule – G " Voilà qui est assez précis ! J'ai l'impression qu'après notre petit déjeuner nous irons faire une petite reconnaissance dans le quartier de Mme Warren... Ah ! madame Warren ! Quelles nouvelles nous apportez-vous ce matin ?

– Cela relève de la police, monsieur Holmes ! Je n'en peux plus ! Je vais le mettre à la porte ! Je serais bien montée le lui dire tout droit, mais j'ai pensé qu'il valait mieux vous demander conseil auparavant. Je suis à bout de patience, et quand on s'attaque à mon vieux mari...

– On s'est attaqué à votre mari

– Enfin, on l'a malmené en tout cas !

–Mais qui l'a malmené ?

– Ah ! je voudrais bien le savoir ! Ca s'est passé ce matin, monsieur ! M. Warren est chronométreur chez Morton & Waylight's, à Tottenham Court Road...Il faut qu'il parte de la maison avant sept heures. Eh bien, ce matin, il n'avait pas fait dix pas dans la rue que deux hommes se sont approchés de lui par-derrière, lui ont jeté un manteau sur la tête, et l'ont fourré dans un fiacre qui était rangé au bord du trottoir. Ils l'ont promené pendant une heure, puis ils ont ouvert la portière et l'ont jeté dehors. Il est tombé sur la route, et il était tellement abasourdi qu'il ne sait même pas ce qu'est devenu le fiacre... quand il s'est relevé, il a découvert qu'il se trouvait sur Hampstead Heath ; alors il a pris le bus pour rentrer à la maison et à présent il est couché sur le canapé. Moi je suis venue tout de suite vous raconter ce qui est arrivé.

– Très intéressant ! fit Holmes. A-t-il observé ces hommes ? De quoi avaient-ils l'air ? les a-t-il entendus parler ?

– Non ; il était complètement ahuri. Il a seulement l'impression qu'il a été enlevé par magie. Il y avait deux hommes dans le fiacre, peut-être trois.

– Et vous pensez que cette agression a un rapport quelconque avec votre locataire ?

– Voyons, voilà quinze ans que nous habitons là et jamais il ne s'est rien passé de semblable ! J'en ai assez de lui. L'argent n'est pas tout. Je vais le flanquer à la porte avant ce soir.

– Attendez un peu, madame Warren ! Ne brusquez rien. Je commence à croire que cette affaire peut être beaucoup plus importante qu'elle ne le paraissait au premier abord... Il est clair qu'un danger menace votre locataire. Il est également clair que ses ennemis, qui le guettaient près de chez vous, ont confondu votre mari avec lui dans la lumière brumeuse du matin. Quand ils ont découvert leur erreur, ils l'ont relâché. S'ils n'avaient pas commis cette erreur, on peut se demander ce qu'ils auraient fait !

– Alors, comment dois-je agir, monsieur Holmes ?

– J'ai grande envie de voir votre locataire, Mme Warren.

– Je ne vois pas comment vous y réussiriez, à moins d'enfoncer la porte. Je l'entends toujours qui tourne sa clef quand je descends l'escalier après avoir apporté le plateau.

– Il doit tout de même prendre le plateau pour le porter dans sa chambre. Nous pouvons donc nous cacher quelque part et le voir à ce moment-là. »

La logeuse réfléchit.

« Ma foi, monsieur, en face il y a un débarras. Je pourrais installer un miroir, et si vous étiez derrière la porte...

« – Parfait ! approuva Holmes. A quelle heure déjeune-t-il ?

– Vers une heure, monsieur.

– Alors le docteur Watson et moi-même nous serons là à temps. Au revoir, madame Warren ! »

A midi et demi nous étions sur le perron de Mme Warren ; la maison était haute, étroite, en briques jaunes, située dans Great Orme Street, petite artère aboutissant sur la façade nord-est du British Museum. Sa position près de l'angle de la rue lui procure une bonne perspective sur Howe Street et ses immeubles plus prétentieux. Holmes, avec un petit rire, me montra l'une de ces demeures résidentielles : elle faisait saillie et ne pouvait échapper au regard.

« Voyez, Watson ! me dit-il. "Grand immeuble rouge avec revêtement de pierres blanches." Voilà le sémaphore. Nous connaissons l'endroit, et nous connaissons le code ; notre tâche devrait être simple. Il y a l'écriteau "A louer" à cette fenêtre. C'est évidemment un appartement vide, et le complice peut y accéder. Eh bien, madame Warren, quoi de neuf ?

– Tout est prêt. Si vous voulez monter tous les deux et laisser vos souliers en bas sur le palier, je vais vous conduire. »

Elle avait aménagé une excellente cachette. Le miroir était placé de telle sorte qu'assis dans l'obscurité nous pouvions très bien voir la porte d'en face. A peine nous étions-nous installés et Mme Warren nous avait-elle quittés, qu'un tintement éloigné nous informa que notre mystérieux voisin avait sonné. Bientôt la logeuse apparut avec le plateau, le déposa sur la chaise à côté de la porte fermée puis, traînant lourdement les pieds, s'en alla. Accroupis tous les deux dans l'angle de la porte, tassés l'un contre l'autre, nous fixions le miroir avec une curiosité intense. Soudain, lorsque les pas de la logeuse se furent assourdis, nous entendîmes le grincement d'une clef, la poignée tourna, deux mains fines se tendirent vers le plateau qu'elles soulevèrent de la chaise. Un instant plus tard le plateau fut hâtivement replacé, et j'aperçus le temps d'un éclair un beau visage brun qui regardait avec épouvante l'entrebâillement de la porte du débarras. Puis la porte se referma. La clef joua à nouveau. Tout redevint silence. Holmes me secoua la manche et nous descendîmes l'escalier à pas feutrés.

« Je reviendrai dans la soirée, dit-il à la logeuse qui était accourue aux nouvelles. Je crois, Watson, que chez nous nous discuterons plus paisiblement de l'affaire. »

Une installé dans son fauteuil il me dit :

« Mon hypothèse, comme vous l'avez vu, s'est vérifiée : il y a eu substitution de locataires. Ce que je n'avais pas prévu, c'est que nous trouverions une femme, et pas une femme banale, Watson !

– Elle nous a vus.

– Oh ! elle a certainement vu quelque chose qui l'a effarouchée ! La séquence des événements est bien simple, n'est-ce pas ? Un couple cherche refuge à Londres contre un danger aussi terrible qu'imminent. On peut mesurer le danger d'après la rigueur des précautions. L'homme, qui doit absolument faire une certaine chose, désire que pendant ce temps sa femme soit en complète sécurité. Problème peu facile. Mais qui reçoit une solution originale, et si efficace que la présence de la femme demeure ignorée même de sa logeuse qui lui apporte sa nourriture. Les messages calligraphiés en caractères d'imprimerie, c'est maintenant évident, avaient pour but de ne pas trahir le sexe de leur auteur. L'homme ne peut venir auprès de la femme, sinon il guiderait leurs ennemis à sa cachette. Comme il ne peut pas communiquer directement avec elle, il a recours aux annonces personnelles d'un journal. Jusqu'ici tout est simple.

– Mais à la racine de tout cela, quoi ?

– Eh oui, Watson, homme pratique comme toujours ! A la racine de tout cela, quoi ? Le problème que nous a posé un caprice de Mme Warren s'élargit singulièrement et, au fur et à mesure que nous avançons, révèle des données de plus en plus sombres. Nous pouvons d'ores et déjà affirmer ceci : il ne s'agit pas d'une banale escapade amoureuse. Vous avez vu la figure de la femme quand elle a flairé un danger. Nous avons appris, également, l'agression dont le logeur a été victime, mais qui visait sans aucun doute son locataire. Ces alertes, plus ce besoin désespéré de secret, indiquent une question de vie ou de mort. D'autre part l'agression commise à l'encontre de M. Warren montre que l'ennemi, quel qu'il soit, ignore la substitution du locataire féminin. C'est très curieux, très complexe, Watson !

– Pourquoi vous en occupez-vous ? Qu'avez-vous à y gagner ?

– Eh, mon cher, c'est l'art pour l'art ! Je suppose que lorsque vous exerciez, vous pratiquiez la médecine sur des cas qui parfois ne vous rapportaient pas un penny – Pour m'instruire, holmes.

– On n'est jamais assez instruit, Watson. L'instruction s'acquiert tout au long d'une série de leçons ; et la dernière leçon est la plus grande. Or, un cas instructif se présente. Bien qu'il n'y ait rien à gagner, ni argent, ni crédit, il faut élucider. Quand la nuit tombera, notre enquête devrait avancer d'un grand pas. »

Lorsque nous retournâmes chez Mme Warren, la lumière confuse d'une soirée d'hiver londonien s'était épaissie en un rideau gris uniforme que trouaient seulement les carrés jaunes des fenêtres et les halos brouillés des lampadaires. Pendant que nous regardions par les vitres du salon éteint de la logeuse, une lueur supplémentaire scintilla assez haut dans l'obscurité.

« Quelqu'un se déplace dans cette pièce, chuchota Holmes qui colla sa tête osseuse et aiguë contre le carreau. Oui, je distingue sa silhouette. Le voici encore. Il tient une bougie à la main. Maintenant il scrute à travers la rue. Il veut s'assurer qu'elle guette... Maintenant il commence à faire des signaux... Prenez le message aussi, Watson : nous nous contrôlerons l'un l'autre. Un seul flash... c'est A, sûrement. Voyons... Combien de fois, Watson ? Vingt ? Moi aussi... C'est donc T... AT, c'est assez intelligible !... Un autre T. Sûrement ceci est le début d'un deuxième mot. Maintenant... TENTA. Point. Ce ne peut pas être tout, Watson : ATTENTA ne veut rien dire ! Ou alors AT, TEN, TA ? Mais ce n'est pas plus clair, à moins que TA ne soient les initiales de quelqu'un. Il repart ! Qu'est-ce ? ATTE... Comment, encore le même message ? Curieux, Watson, très curieux ! Maintenant il s'arrête encore. Non il recommence. AT... Comment ! Il le répète une troisième fois ? ATTENTA, trois fois ! Combien de fois va-t-il le répéter ? Non, il semble que ce soit la fin. Il s'est retiré de la fenêtre. Q'en pensez-vous, Watson ?

– Un message chiffré, Holmes. »

Mon compagnon poussa soudain un petit rire étouffé de compréhension.

« Et le chiffre n'est pas très obscur, Watson ! Voyons, c'est de l'italien ! Le A signifie que le message est adressé à une femme. Et à cette femme il répète : « Attention ! Attention ! Attention ! » Hein, Watson ?

– Vous avez mis dans le mille.

– Certainement ! C'est un message très urgent, répété trois fois pour qu'il soit encore plus pressant. Attendez... Le voici qui revient à la fenêtre. »

A nouveau nous distinguâmes la vague silhouette d'un homme accroupi et le va-et-vient de la flamme maigrichonne de l'autre côté de la fenêtre. Les signaux avaient repris : plus rapides. Si rapides qu'il était difficile de les suivre.

« PERICOLO. Pericolo, qu'est-ce à dire, Watson ? péril, danger, n'est-ce pas ? Oui, par Jupiter, c'est un signal d'alarme ! Il recommence : PERI... Que se passe-t-il ? »

La lumière s'était soudainement éteinte, toute lueur avait disparu derrière la fenêtre, le troisième étage ne formait plus qu'une bande noire autour de l'immeuble. Le dernier cri d'avertissement avait été arrêté net. Comment, et par qui ? La même idée nous vint à tous deux. Holmes se leva d'un bond.

« Voilà qui est grave, Watson ! s'écria-t-il. Une diablerie est en cours : pourquoi le message a-t-il été si brusquement interrompu ? Je devrais avertir Scotland Yard... Mais l'affaire se précipite trop pour que nous la perdions de vue ne fût-ce qu'un instant.

– Voulez-vous que j'aille chercher la police ?

– Il faudrait que la situation se précise un peu plus nettement. Peut-être a-t-elle malgré tout une explication plus innocente que je ne le pense... Venez, Watson, traversons la rue et voyons les choses de plus près. »

Deuxième Partie

Tandis que nous nous dirigions rapidement vers Howe Street, je me retournai vers la maison que nous venions de quitter. Derrière la fenêtre du haut se profilait confusément l'ombre d'une tête, d'une tête de femme, qui fouillait la nuit sans bouger, et qui devait attendre, dans l'angoisse, que reprît le message interrompu. Devant l'entrée de l'immeuble de Howe Street, un homme qui avait relevé le col de son pardessus s'appuyait contre la grille. Quand la lumière du hall éclaira nos visages il sursauta.

« Holmes ! s'exclama-t-il.

– Mais c'est Gregson ! s'écria mon compagnon en serrant la main du détective de Scotland Yard. Les amoureux finissent toujours par se rencontrer, hé, Gregson ? Quelle affaire vous amène ici ?

– La même que la vôtre, je suppose ! mais je me demande comment vous vous y trouvez mêlé.

– Par divers fils, différents des vôtres, mais qui font partie du même écheveau. J'ai surpris des signaux.

– Des signaux ?

– Oui, de cette fenêtre. Ils se sont interrompus en plein milieu. Nous avons traversé pour savoir pourquoi. Mais puisque vous avez l'affaire en main, je ne vois pas pourquoi je persévérerais dans mon enquête.

– Un moment ! s'écria Gregson avec chaleur... Je tiens à vous dire, monsieur Holmes, que je ne me suis jamais trouvé dans une affaire avec vous sans me sentir beaucoup plus fort. Cet immeuble ne possède qu'une sortie ; aussi ne peut-il pas nous échapper.

– Qui est-ce ?

– Ah ! Ah ! Pour une fois que nous marquons un point, monsieur Holmes... »

Il frappa le sol de sa canne. Un cocher, fouet en main, descendit du siège d'un fiacre à quatre roues qui stationnait de l'autre côté de la rue.

« ... Puis-je vous présenter à M. Sherlock Holmes ? demanda-t-il au cocher. Voici M. Leverton, de l'agence américaine Pinkerton.

– Le héros du mystère de la caverne de Long Island ? s'enquit Holmes. Monsieur, je suis très heureux de faire votre connaissance ! »

L'Américain, tout jeune homme au visage de businessman, imberbe, calme, maigre, rougit en entendant les paroles de Holmes.

« Je suis sur la piste de ma vie, monsieur Holmes ! nous dit-il. Si j'attrape Gorgiano...

– Comment ! Gorgiano du Cercle Rouge ?

– Ah ! on le connaît bien en Europe, je vois ? Nous le connaissons aussi en Amérique. Nous savons qu'il est derrière une cinquantaine de meurtres, et pourtant nous ne détenons aucune preuve positive contre lui. Je l'ai pisté depuis New York ; depuis une semaine je m'attache à ses pas ; je n'attends qu'un prétexte pour lui mettre la main au collet. M. Gregson et moi l'avons vu se terrer dans cet immeuble ; il n'y a qu'une issue ; il ne peut nous échapper. Depuis qu'il est entré, trois personnes sont sorties, mais je jure qu'il n'était aucune des trois.

– M. Holmes m'a parlé de signaux, dit Gregson. Je crois que, comme d'habitude, il en sait plus que nous. »

En quelques mots Homes exposa la situation telle que nous la connaissions. L'Américain, vexé, se tordit les mains.

« Il nous a repérés ! s'exclama-t-il.

Qu'est-ce qui vous le fait croire ?

– Voyons ! il était en train d'envoyer un message à une complice, car plusieurs membres de son gang se trouvent à Londres. Et puis, tout à coup, au moment où il était en train de faire savoir qu'il y avait du danger, le voilà qui s'interrompt !Qu'est-ce que cela veut dire, sinon qu'il a tout à coup aperçu dans la rue l'un de nous, ou du moins qu'il a soudain compris qu'un péril imminent le menaçait et qu'il devait faire tout de suite quelque chose s'il voulait parer ? quel est votre avis, monsieur Holmes ?

– Mon avis est que nous montions tout de suite et que nous nous rendions compte par nous-mêmes.

– Mais nous n'avons pas de mandat pour l'arrêter !

– Dans des conditions suspectes, il se trouve dans des locaux inoccupés, répondit Gregson. Cela suffit pour l'instant. Quand nous aurons mis la main au collet, nous verrons si New York peut nous donner un coup de main pour le maintenir hors d'état de nuire. Moi je prends la responsabilité de l'arrêter immédiatement. »

Nos détectives officiels manquent parfois d'imagination mais jamais de courage. Gregson grimpa l'escalier pour procéder à l'arrestation de cet assassin déterminé avec la même tranquillité que s'il montait le grand escalier de Scotland Yard. Le représentant de Pinkerton avait essayé de le précéder, mais Gregson l'avait écarté fermement. Les dangers londoniens devaient être le privilège de la police londonienne.

La porte de l'appartement de gauche du troisième étage était entrebâillée. Gregson la poussa ; elle s'ouvrit toute grande. A l'intérieur régnaient le silence total et l'obscurité. Je frottai une allumette pour allumer la lanterne du détective. Lorsque la flamme se dressa bien droite, nous poussâmes tous une exclamation de surprise. Sur le plancher nu s'étirait une piste de sang frais. Les pas rouges se dirigeaient vers nous ; ils venaient d'une chambre du fond, dont la porte était fermée. Gregson l'enfonça d'un coup d'épaule et brandit sa lanterne devant lui, pendant que nous regardions avidement par-dessus ses épaules.

Au milieu de la pièce vide le corps d'un colosse avait boulé ; son visage rasé, basané, grotesquement déformé, gisait dans une mare de sang qui s'élargissait lentement sur le parquet. Ses genoux étaient remontés, ses mains projetées en l'air dans un spasme d'agonie ; le manche blanc d'un couteau émergeait de sa large gorge brune ; la lame était profondément enfoncée. Tout gigantesque qu'il fût, l'homme avait dû tomber comme un bœuf sous le merlin après avoir reçu ce coup terrible. A côté de sa main droite, un poignard à manche de corne et à double tranchant, bien plus formidable encore, gisait auprès d'un gant en chevreau noir.

« C'est Black Gorgiano ! cria le détective américain. Quelqu'un nous a pris de vitesse.

– Voici la bougie près de la fenêtre, monsieur Holmes, dit Gregson. Eh bien, que Diable faites-vous ? »

Holmes avait allumé la bougie, et la promenait d'arrière en avant et d'avant en arrière contre les carreaux. Puis il fouilla la nuit, souffla la bougie et la jeta par terre.

« Je crois que j'ai fait quelque chose d'utile... » murmura-t-il.

Il demeura immobile à réfléchir pendant que les deux professionnels examinaient le cadavre.

« ... Vous dites que trois personnes sont parties de l'immeuble pendant que vous attendiez en bas, reprit-il enfin. Les avez-vous vues de près ?

– Oui.

– N'avez-vous pas remarqué un individu d'une trentaine d'années, pas très grand, brun, avec une barbe noire ?

– Si. Il est sorti le dernier.

– Je parierais bien que c'est votre homme. Je veux vous donner son signalement, et nous avons une excellente reproduction de l'empreinte de ses pas. Cela devrait vous suffire.

– Ce n'est pas beaucoup, monsieur Holmes, pour retrouver cet individu parmi des millions de Londoniens.

– Pas beaucoup en effet. Voilà pourquoi j'ai cru bien faire en appelant cette dame à notre aide. »

A ces mots, nous nous retournâmes tous. Dans l'encadrement de la porte se tenait une femme, grande, très belle : la mystérieuse locataire de Mme Warren. Elle avança à pas lents ; son visage pâli, tiré, n'exprimait que l'effroi ; ses yeux se fixèrent, terrifiés, sur le cadavre étendu sur le plancher.

– Vous l'avez tué ! murmura-t-elle. Oh ! Dio moi, vous l'avez tué !

Puis j'entendis une profonde inspiration d'air, et je la vis sauter en l'air en poussant un cri de joie. Elle se mit à danser tout autour de la pièce en battant des mains ; ses yeux noirs brillaient sous l'effet d'une joie indicible ; mille jolies exclamations italiennes jaillirent de sa bouche. C'était terrible et stupéfiant de voir une femme qui délirait de joie devant un spectacle pareil. Brusquement elle s'immobilisa et nous regarda avec des yeux inquisiteurs.

« Mais vous ! Vous êtes de la police, n'est-ce pas ? Vous avez tué Giuseppe Gorgiano, n'est-ce pas ? Vous avez tué Giuseppe Gorgiano, n'est-ce pas ?

– Nous sommes de la police, madame. »

Elle fouilla du regard les ombres de la pièce.

« Mais alors, où est Gennaro ? demanda-t-elle. Gennaro est mon mari : Gennaro Lucca. Je m'appelle Emilia Lucca, et nous sommes tous deux de New York. Où est Gennaro ? Il vient de m'appeler par cette fenêtre ; j'ai accouru tout de suite.

— C'est moi qui vous ai appelée, dit Holmes.

— Vous ! Comment auriez-vous pu m'appeler ?

— Votre code n'était pas difficile à comprendre, madame ? Et votre présence ici était hautement désirable. Je savais que je n'avais qu'à transmettre en code le mot *Vieni*, et que vous viendriez aussitôt. »

La belle Italienne dévisagea mon compagnon avec inquiétude.

« Je ne comprends pas comment vous savez cela ! dit-elle. Giuseppe Gorgiano... Comment a-t-il ?... »

Elle s'interrompit, et tout d'un coup son visage s'éclaira de fierté et de joie.

« Maintenant je vois ! Mon Gennaro ! Mon beau, mon merveilleux Gennaro, qui m'a préservée de tout mal, c'est lui qui a tué, qui a tué le monstre ! Oh ! Gennaro, comme tu es magnifique ! Quelle femme pourrait jamais être digne d'un tel homme ?

— Ma foi, madame Lucca, fit le prosaïque Gregson en posant une main sur le bras de la dame avec aussi peu de sentiment que s'il s'agissait d'un voyou de Notting Hill, je ne me rends pas très bien compte à présent de ce que vous êtes ; mais vous en avez dit assez pour que je me rende parfaitement compte que je dois vous conduire à Scotland Yard !

— Un moment, Gregson ! intervint Holmes. J'imagine que cette dame souhaite sans doute nous donner tous les renseignements dont nous avons besoin. Comprenez-vous, madame, que votre mari sera arrêté et qu'il passera en jugement pour avoir tué l'homme qui est étendu devant vous ? Tout ce que vous dites peut servir de témoignage. Mais si vous pensez qu'il a agi pour des motifs qui n'ont rien de criminel et qu'il voudrait faire connaître, alors vous ne le servirez jamais mieux qu'en disant toute la vérité.

— Maintenant que Giorgiano est mort, nous n'avons plus rien à craindre, répondit-elle. C'était un démon, un monstre ! Aucun juge au monde ne pourrait punir mon mari de l'avoir tué.

— Dans ce cas, fit Holmes, je propose que nous fermions cette porte en laissant les choses telles quelles, et que nous allions dans la chambre qu'occupe cette dame afin de nous faire une opinion d'après ce qu'elle nous dira. »

* * * *

Une demi-heure plus tard nous étions assis tous les quatre dans le petit salon de la signora Lucca pour écouter le récit des événements sinistres à la conclusion desquels nous venions d'assister. Elle parlait un anglais rapide, mais assez peu conventionnel.

« Je suis née à Posilippo, près de Naples, commença-t-elle. Je suis la fille d'Augusto Barelli qui fut le premier magistrat et le député de la région. Gennaro était au service de mon père et je suis devenue amoureuse de lui ; à ma place toute autre femme l'aurait aimé. Il n'avait ni argent ni situation : il ne possédait rien en dehors de sa beauté, de sa force et de son énergie. Mon père s'est opposé à notre mariage. Nous nous sommes enfuis tous les deux ; notre mariage a été célébré à Bari, et j'ai vendu mes bijoux afin d'avoir assez d'argent pour aller en Amérique. Cela se passait il y a quatre ans ; depuis lors nous avons toujours habité New York.

« La chance, d'abord, nous a souri. Gennaro a pu rendre service, en le sauvant de quelques ruffians, à un gentilhomme italien qui l'a pris sous sa puissante protection. Il s'appelait Tito Castalotte, et il était le principal associé de la grande firme Castalotte et Zamba, la plus grosse affaire d'importation de fruits à New York. Le signor Zamba étant infirme, notre nouvel ami Castalotte était omnipotent dans la société qui emploie plus de trois cents personnes. Il a engagé mon mari, lui a confié la direction d'un service et lui a témoigné de mille manières ses bonnes dispositions. Le signor Castalotte était célibataire ; je crois qu'il avait pour Gennaro l'affection d'un père ; de fait, mon mari et moi l'aimions filialement. Nous avions loué et meublé une petite maison à Brooklyn, et tout notre avenir semblait assuré quand a surgi un nuage noir qui allait se répandre sur tout notre ciel.

« Un soir, Gennaro a ramené un compatriote qui s'appelait Gorgiano et qui était également natif de Posilippo. C'était un colosse, vous avez pu le constater d'après son cadavre. Non seulement il avait le corps d'un géant, mais tout en lui était démesuré, grotesque, terrifiant. Dans notre petite maison sa voix résonnait comme le tonnerre, et il y avait juste assez de place pour les moulinets de ses bras. Ses idées, ses émotions, ses passions, il exagérait tout : c'en était monstrueux. Il parlait, ou plutôt il rugissait avec une telle violence que les autres ne pouvaient plus que se taire et baisser la tête sous ce déluge de mots. Quand il vous regardait, ses yeux s'enflammaient, vous tenaient hypnotisé. C'était un homme terrible, étonnant. Dieu merci, le voilà mort !

« Il est venu, il est revenu. Gennaro cessait d'être heureux quand il était là. Mon pauvre mari demeurait assis pâle et silencieux, écoutant l'interminable délire politique et social qui faisait le fond de la conversation de notre visiteur. Gennaro ne disait rien, mais moi qui le connaissait bien, je pouvais lire sur ses traits la trace d'une émotion que je ne lui avais jamais vue auparavant. D'abord j'ai cru qu'il s'agissait d'une simple aversion. Puis, graduellement, j'ai compris que c'était plus que de l'aversion. C'était de la peur : une peur profonde, secrète, bouleversante. Ce soir-là, le soir où j'ai deviné sa terreur, j'ai mis mes bras autour de son cou et je l'ai supplié, au nom de son amour pour moi et de tout ce qu'il chérissait, de ne rien me cacher et de me dire pourquoi ce colosse l'épouvantait.

« Il m'a parlé. En écoutant mon cœur s'est glacé. Mon pauvre Gennaro, à l'époque où le monde entier semblait se liguer contre lui et où sa raison vacillait sous les injustices qu'il subissait, avait rallié une association de Naples, le Cercle Rouge, affiliée aux vieux carbonari. Les serments, les secrets de cette association étaient terribles ; une fois sous sa coupe il n'y avait pas d'échappatoire possible. Quand nous étions partis pour l'Amérique, Gennaro avait cru en être quitte pour toujours. Quelle ne fut pas son angoisse quand il rencontra un soir dans la rue celui-là même qui l'avait initié à Naples, le géant Gorgiano qui avait mérité d'être surnommé "la Mort" dans l'Italie du sud car il avait du sang jusqu'au coude ! Gorgiano s'était rendu à New York pour fuir la police italienne, mais déjà il avait fondé dans sa nouvelle patrie une filiale de cette association infernale. Gennaro m'a raconté tout cela, et il m'a montré une convocation qu'il venait de recevoir : un cercle rouge était dessiné dessus ; la convocation était pour une loge qui devait être tenue à une certaine date ; sa présence était requise, obligatoire.

« C'était triste ; hélas ! le pire allait survenir ! J'avais remarqué depuis quelque temps que lorsque Gorgiano venait à la maison, il s'adressait souvent à moi ; et quand il parlait à mon mari, ses yeux terribles, luisants comme ceux d'une bête féroce, se tournaient constamment vers moi. Un soir il m'a confié que j'avais éveillé ce qu'il appelait l'amour au-dedans de lui... L'amour de cette brute, de ce sauvage ! J'étais seule ; Gennaro n'était pas encore rentré. Il s'est approché de moi, m'a saisie dans ses bras énormes, m'a enlacée dans une étreinte d'ours, m'a couverte de baisers et m'a adjurée de partir avec lui. J'étais en train de me débattre en hurlant quand Gennaro est arrivé ; il lui a sauté dessus ; mais Gorgiano l'a assommé et s'est enfui. Il ne devait plus pénétrer chez nous. Mais nous nous étions fait un ennemi mortel.

« Quelques jours plus tard la loge était tenue. Gennaro en est rentré avec un visage tel que j'ai senti qu'il lui était arrivé quelque chose de terrible. C'était pire que tout ce que nous avions imaginé. Les fonds de l'association provenaient de chantages exercés aux dépens des Italiens riches, qui étaient menacés de violences s'ils refusaient de verser de l'argent. Castalotte, notre cher ami et bienfaiteur, avait été contacté par eux. Il ne s'était pas laissé intimider et il avait averti la police. La loge venait en conséquence de décider de faire de lui un exemple tel qu'aucune autre victime n'oserait se rebeller : lui et sa maison sauteraient à la dynamite. Un tirage au sort devait désigner l'affilié qui commettrait l'attentat. Gennaro avait vu son cruel sourire quant à son tour il avait plongé sa main dans le sac. Sans nul doute tout avait été combiné à l'avance, et Gennaro avait sorti le papier estampillé du Cercle Rouge qui ordonnait le crime. Ou bien il lui fallait tuer son meilleur ami, ou bien il allait s'exposer à la vengeance de ses camarades.

« Toute la nuit-là, nous sommes restés assis enlacés, chacun réconfortant l'autre en vue des épreuves redoutables qui nous attendaient. L'attentat avait été fixé au lendemain soir. A midi mon mari et moi nous nous étions embarqués pour Londres, non sans avoir complètement informé notre bienfaiteur et renseigné la police pour qu'elle veille constamment sur sa vie.

« Le reste, messieurs, vous le connaissez. Nous étions sûrs que nos ennemis nous suivraient comme nos ombres. Gorgiano avait des motifs personnels de vengeance, mais en tout état de cause nous savions comme il pouvait être impitoyable, rusé, infatigable. L'Italie et l'Amérique abondent en histoires sur son pouvoir terrible. S'il voulait l'exercer à nos dépens, ce serait immédiatement. Mon cher amour a employé les quelques jours d'avance que notre départ précipité lui avait donnés à aménager un refuge afin qu'aucun danger possible ne me menace. Pour sa part il voulait être libre afin de pouvoir communiquer à la fois avec la police américaine et avec la police italienne. Je ne sais pas moi-même où il a habité, ni ce qu'il a fait. Tout ce que j'apprenais, c'était par les annonces personnelles d'un journal. Mais une fois, regardant par la fenêtre, j'ai vu deux Italiens qui surveillaient la maison, et j'ai compris que Gorgiano avait découvert notre cachette. Finalement Gennaro m'a dit par le journal qu'il me ferait des signaux d'une certaine fenêtre, mais quand les signaux ont été émis, je n'ai vu que des avertissements, brusquement interrompus. Il n'ignorait donc pas que Gorgiano le serrait de près et, Dieu merci, il était prêt à le recevoir ! A présent, messieurs, je voudrais vous demander si nous avons à craindre quelque chose de la loi, et si un juge pourrait condamner mon Gennaro pour ce qu'il a fait.

— Eh bien, monsieur Gregson, dit l'Américain en s'adressant au détective officiel, je ne connais pas votre point de vue anglais, mais je gage qu'à New York le mari de cette dame recevrait une adresse unanime de félicitations.

— Il faut qu'elle vienne avec moi et qu'elle voie le chef, répondit Gregson. Si nous obtenons confirmation de son récit, je ne pense pas que ni elle ni son mari aient grand-chose à craindre. Mais ce que je n'arrive pas à comprendre, monsieur Holmes, c'est comment diable vous vous êtes trouvé embringué dans cette histoire !

— Par amour de l'instruction, Gregson, de l'instruction ! On cherche toujours à s'instruire, toute la vie... Eh bien, Watson, vous avez un nouvel exemplaire de tragique grotesque à ajouter à votre collection. A propos, il n'est pas encore huit heures, et on joue du Wagner à Covent Garden ! Si nous nous dépêchons, nous pourrons arriver à temps pour le deuxième acte. »

Toutes les aventures de Sherlock Holmes

Liste des quatre romans et cinquante-six nouvelles qui constituent les aventures de Sherlock Holmes, publiées par Sir Arthur Conan Doyle entre 1887 et 1927.

Romans

* Une Étude en Rouge (novembre 1887)
* Le Signe des Quatre (février 1890)
* Le Chien des Baskerville (août 1901 à mai 1902)
* La Vallée de la Peur (sept 1914 à mai 1915)

Les Aventures de Sherlock Holmes

* Un Scandale en Bohême (juillet 1891)
* La Ligue des Rouquins (août 1891)
* Une Affaire d'Identité (septembre 1891)
* Le mystère de la vallée de Boscombe (octobre 1891)
* Les Cinq Pépins d'Orange (novembre 1891)
* L'Homme à la Lèvre Tordue (décembre 1891)
* L'Escarboucle Bleue (janvier 1892)
* Le Ruban Moucheté (février 1892)
* Le Pouce de l'Ingénieur (mars 1892)
* Un Aristocrate Célibataire (avril 1892)
* Le Diadème de Beryls (mai 1892)
* Les Hêtres Rouges (juin 1892)

Les Mémoires de Sherlock Holmes

* Flamme d'Argent (décembre 1892)
* La Boite en Carton (janvier 1893)
* La Figure Jaune (février 1893)
* L'Employé de l'Agent de Change (mars 1893)
* Le Gloria-Scott (avril 1893)
* Le Rituel des Musgrave (mai 1893)
* Les Propriétaires de Reigate (juin 1893)

* Le Tordu (juillet 1893)
* Le Pensionnaire en Traitement (août 1893)
* L'Interprète Grec (septembre 1893)
* Le Traité Naval (octobre / novembre 1893)
* Le Dernier Problème (décembre 1893)

Le Retour de Sherlock Holmes

* La Maison Vide (26 septembre 1903)
* L'Entrepreneur de Norwood (31 octobre 1903)
* Les Hommes Dansants (décembre 1903)
* La Cycliste Solitaire (26 décembre 1903)
* L'École du prieuré (30 janvier 1904)
* Peter le Noir (27 février 1904)
* Charles Auguste Milverton (26 mars 1904)
* Les Six Napoléons (30 avril 1904)
* Les Trois Étudiants (juin 1904)
* Le Pince-Nez en Or (juillet 1904)
* Un Trois-Quarts a été perdu (août 1904)
* Le Manoir de L'Abbaye (septembre 1904)
* La Deuxième Tâche (décembre 1904)

Son Dernier Coup d'Archet

* L'aventure de Wisteria Lodge (15 août 1908)
* Les Plans du Bruce-Partington (décembre 1908)
* Le Pied du Diable (décembre 1910)
* Le Cercle Rouge (mars/avril 1911)
* La Disparition de Lady Frances Carfax (décembre 1911)
* Le détective agonisant (22 novembre 1913)
* Son Dernier Coup d'Archet (septembre 1917)

Les Archives de Sherlock Holmes

* La Pierre de Mazarin (octobre 1921)
* Le Problème du Pont de Thor (février et mars 1922)
* L'Homme qui Grimpait (mars 1923)

* Le Vampire du Sussex (janvier 1924)
* Les Trois Garrideb (25 octobre 1924)
* L'Illustre Client (8 novembre 1924)
* Les Trois Pignons (18 septembre 1926)
* Le Soldat Blanchi (16 octobre 1926)
* La Crinière du Lion (27 novembre 1926)
* Le Marchand de Couleurs Retiré des Affaires (18 décembre. 1926)
* La Pensionnaire Voilée (22 janvier 1927)
* L'Aventure de Shoscombe Old Place (5 mars 1927)